Gallimard Jeunesse Giboulées
Sous la direction de Colline Faure-Poirée
Édition Sofia Cloès
Conception graphique Christophe Hermellin


ISBN : 978-2-07-059990-5 • Numéro d'édition : 334825 • Premier dépôt légal : septembre 2016 • Dépôt légal : février 2018
Loi n° 49-956 du 16 juillet 1949 sur les publications destinées à la jeunesse
Imprimé en France par Pollina - 83966B

*Texte de Vincent Cuvellier*
*Illustrations de Ronan Badel*

# ÉMILE
## rêve

GALLIMARD JEUNESSE GIBOULÉES

Émile est dans son lit.
Dans un train.
Dans un lit, dans un train.

Un contrôleur frappe sur l'oreiller et dit :
*« Vous avez vos billets ? »*
Émile cherche dans l'oreiller,
trouve une plume, la tend au contrôleur.

*« C'est bon, vous pouvez vous envoler. »*
Émile s'envole.

*« Houhou ! Émile, tu rêves ? »*

Hein quoi ? Non, non, pas du tout, pas du tout,
Émile ne rêve pas ! Pas du tout !

*« T'as pas oublié, hein, on part en vacances ce soir. »*
Non, non, Émile n'a pas oublié. On part en vacances.
Ce soir. Après l'école. Une journée d'école et
on part en vacances.

La cloche sonne, on monte dans le train et on va au lac. C'est bien d'aller au lac. On met son maillot de bain et on rentre dans l'eau.

*« Allez, vite, je te pose à l'école ! »*

Émile est posé à l'école. Ça y est.
Il écoute la maîtresse.

C'est important d'écouter la maîtresse.
Il faut toujours écouter la maîtresse.

La maîtresse dit qu'un pigeon est entré dans la classe. Un pigeon qui parle. Un pigeon rouge et vert qui ressemble à un perroquet, mais avec une tête de chat.

Le chat dit miaou et tend une fleur à Émile.
Émile dit miaou aussi.

La maîtresse dit : « *Émile, tu rêves !* »

Hein quoi, non, non pas du tout, pas du tout !
Pas du tout ! Émile ouvre son cahier, regarde
les chiffres, ferme son cahier, bâille.

*« Eh oh ! Les vacances c'est ce soir !*
*En attendant, on travaille. »*

Émile est sur la marche. Émile attend tout le temps maman sur la marche. Comme ça, maman le voit bien. Maman arrive. Elle fait un bisou. Émile fait un bisou aussi.

Ils marchent. Ils achètent un billet. Ils montent dans un train.
Ils s'asseyent dans un compartiment. C'est bien, un compartiment.
C'est comme une maison. Une maison qui roule.

Maman met la main dans les cheveux d'Émile.
Émile sourit. Le train roule.

Un tunnel souffle. Il souffle
sur le train. Le train résiste,
continue à rouler, mais
le tunnel souffle
de plus en
plus fort.

Le train s'envole. Pas de beaucoup,
juste au-dessus des rails, comme s'il glissait.

Une vache fait meuh et essaie d'attraper le train avec un lasso. Émile se penche à la fenêtre et dit à la vache :
*« Ça va pas la tête ? »*

Alors la vache fait remeuh et le train s'envole pour de bon.
Émile regarde par la fenêtre et voit un lac. Maman dit :
*« C'est là ! Houhou Émile ! Tu rêves ? C'est là, on est arrivés ! »*

Houlà ! Émile sursaute et ouvre les yeux. Il attrape la main de maman, marche dans le couloir, descend du train, marche, arrive au lac, met son maillot de bain, deux brassards de l'équipe des diables rouges et va dans l'eau.

Il a de l'eau jusqu'à la taille. Il s'allonge un peu dans l'eau, ferme les yeux jusqu'à ce que de l'eau entre dans ses oreilles.

Il rêve qu'il est au lac...
Il est au lac...
Il rêve.